Westphalen · Die Wahrheit der Anbetung

Joseph von Westphalen

Die Wahrheit der Anbetung

Eine Enthüllung

Kein & Aber

Umschlagbild von Pierre Thomé

1. Auflage, Herbst 1999

Gestaltung und Satz: Bernet & Schönenberger, Zürich
Druck und Bindung: Clausen & Bosse, Leck
ISBN 3-906542-12-2

Die Leiche des Priesters wies Spuren einer brutalen Mißhandlung auf. Ehe er mit einem Messer von vorn ins Herz gestochen worden war, mußte der bedauernswerte Mann mehrfach getreten und geschlagen worden sein. Die Soutane war zerfetzt. Er trug keine Papiere bei sich. In der Nähe des Tatorts wurde eine Einkaufstasche gefunden, die durchwühlt worden war. Sie hatte eine Papiertüte mit Pasta fresca enthalten. Ravioli. Die Tüte fand sich zerrissen, einige Meter entfernt. Die frischen Teigwaren waren im Umkreis verstreut. Der Besitzer eines unweit gelegenen Pasta-fresca-Ladens sagte aus, daß der Monsignore am Abend kurz vor sieben Uhr 400 Gramm Ravioli con Radicchio e Ricotta gekauft hatte, eine Menge für zwei Personen. Eine Neuheit übrigens. »Vuole probare?« fragte er und machte Anstalten, der Kommissarin Amadea Ferrari einige Probe-Ravioli in eine Tüte zu packen: »Sono buonissimi!« Höflich lächelnd winkte die Kommissarin ab.

Alles deutete auf einen Raubmord hin. Der Täter schien eine fettere Beute erwartet zu haben. Seine Enttäuschung hatte er an seinem Opfer und an den Ravioli ausgelassen. Als die Kommissarin vom Pasta-fresca-Laden zum Tatort zurückkehrte, hatten ihre Mitarbeiter das Portemonnaie des Priesters gefunden. Es war vollkommen leer.

Eine Stunde später war die Leiche identifiziert. Es handelte sich um den 76jährigen Monsignore Bellotto.

Er war auf dem Weg zu seiner 102jährigen Mutter gewesen, die am Ufer des Tibers in einer bescheidenen Behausung lebte. Die alte Frau sagte unter Tränen aus, ihr Sohn habe versprochen, Pasta fresca mitzubringen, die man mit in Butter ausgebratenen Salbeiblättern zu Abend habe essen wollen. Zuvor habe der Sohn ihre Zähne begutachten wollen. »Er ist nicht nur Priester«, sagte die alte Signora Bellotto, »er ist auch Zahnarzt.« Sie unterbrach ihr Schluchzen, und ein Leuchten ging über ihr Greisinnengesicht. Ihr Sohn war Zahnarzt im Vatikan. »Er behandelt den Papst!« sagte sie stolz.

Kurz nach Mitternacht sprach Kommissarin Amadea Ferrari im Vatikan vor. Das Verschwinden von Monsignore Bellotto war noch nicht aufgefallen. Amadea befragte einen für Personalfragen zuständigen Geistlichen. Der Mann bekreuzigte sich ständig und sagte: »Madonna!« Die Diebe würden nicht nur immer brutaler, sondern auch immer dümmer. Wie konnte man bei einem alten Priester eine fette Beute erwarten.

»Vielleicht suchten sie ja nach etwas anderem«, sagte Amadea.

Der Personalpriester verstand sie nicht. »Vielleicht Kokainravioli?« sagte Amadea. »Oder päpstliche Devotionalien. Bellotto soll dem Papst unlängst vier mit Goldfüllungen plombierte Backenzähne gezogen haben. Vielleicht ist so etwas wertvoll. Päpstliches Zahngold?«

»Madonna!« sagte der Personalpriester und bekreuzigte sich.

Anderntags bekam die Kommissarin von der Pressestelle des Vatikans einen diskreten telephonischen Hinweis: »Monsignore Bellotto war – Sie wissen schon…«

»Nein«, sagte Amadea, »ich weiß nicht.« Sie wußte es, aber sie wollte es hören. Sie wollte wissen, welchen Ausdruck die salbungsvolle Stimme wählen würde.

»Nun ja, er war etwas widernatürlich veranlagt.«

»Sie meinen schwul«, sagte Amadea ungeduldig. »Und?«

»Sie wissen, daß es in diesem Milieu immer wieder zu Morden kommt. Eifersucht, Erpressung, Lust an der Gewalt.«

»Doch nicht mehr, wenn man 76 ist«, sagte Amadea. »Oder bleibt ihr so lange fit unter euren Soutanen? Dann sollte ich mir mal einen Liebhaber aus dem Vatikan nehmen.«

Drei Tage lang ermittelte Amadea Ferrari im Mordfall Bellotto – ohne jedes Ergebnis.

»Ich rate Ihnen, geben Sie es auf«, sagte ihr Chef freundlich.

Amadea rief ihren Freund Enrico Rosso an. »Hast du Zeit, Enrico? Ich hätte etwas für dich.«

»Eigentlich nicht«, sagte Enrico, ließ sich dann aber doch erzählen, worum es ging. Amadea schilderte ihm den Fall Bellotto. Es gab nicht viel zu schildern. In zehn Minuten war alles gesagt.

Enrico war Schriftsteller. Jahrelang hatte er Bücher geschrieben, die nur wenige Leser fanden. Dann hatte er Amadea kennengelernt. Er hatte sofort einen Gedichtzyklus auf sie geschrieben und veröffentlicht. Dieses Buch hatte nicht einmal Amadea selbst gelesen. Dann hatte Amadea angefangen, ihm ungelöste Fälle aus ihrer Praxis als Kommissarin zu erzählen, und Enrico hatte daraus Kriminalromane gemacht. Endlich fanden seine Bücher ein Publikum, und er verdiente mit dem Schreiben Geld. Sein zweiter Roman war ein doppelter Erfolg: Seine romanhaften Überlegungen, wo der Mörder zu suchen sein könnte, brachten die wirkliche Polizei auf die richtige Spur und führten schließlich zur Ergreifung des wirklichen Täters. Seitdem wurde Enrico nicht nur von Amadea mit polizeilichen Informationen versorgt. Man hatte begriffen, daß jemand, der so rücksichtslos phantasieren darf, unter Umständen eher zu einem Ergebnis kommt als die ermittelnde Polizei, die immer wieder von unwirklichen Aussagen wirklicher Zeugen abgelenkt wird.

Enrico und Amadea waren ein Paar. Sie hatten nicht viel Zeit füreinander, deswegen war ihre Liebe frisch wie am ersten Tag.

»Ich denke darüber nach«, sagte Enrico, als Amadea fertig war. »Wenn der Zahnarzt des Papstes ermordet wird, dürfte mehr dahinterstecken als ein gemeiner Raubüberfall.«

»Ich liebe dich«, sagte Amadea, »allerdings nur solange du mir keine Gedichte mehr schreibst.«

»Laß dich überraschen«, sagte Enrico, »den Heiligen im Vatikan wollte ich immer schon mal auf den Zahn fühlen.«

Enrico Rosso, Autor so berühmter Kriminalromane wie *Piazza Navona* und *Penne all'arrabbiata* hatte nur einen Verdruß: Er konnte der Heldin seiner Bücher nicht den Namen geben, den das Vorbild in Wirklichkeit trug. Amadea Ferrari. Er liebte diese Frau. Er liebte ihren Namen. Amadea war eine feurige Südländerin mit einer makellosen Figur. Ihre Beine waren berühmt. »In meiner Jugend war ich Weitspringerin«, sagte sie entschuldigend und verschwieg, daß sie bei einer Olympiade eine Medaille für Italien gewonnen hatte. Das war ihr heute zu nationalistisch. Sie war 29 und sagte »in meiner Jugend«.

Beim Schreiben seines ersten von Amadea angeregten Kriminalromans hatte Enrico alle möglichen Ersatznamen ausprobiert. Amadea Bugatti, Amadea Lamborghini, Amadea Maserati. Amadea schimpfte: »Müssen es denn immer noble Autos sein!? Und bitte einen anderen Vornamen, sonst gibt es keine Informationen mehr.« Enrico hatte sich schweren Herzens für Teresa

Gasparini entschieden. Diesen Namen konnte Amadea dulden. Aber Teresa durfte keine schönen Beine haben. Frauen mit schönen Beinen und tollen schwarzen Haaren waren in der Wirklichkeit gut, in der Literatur aber kitschig, fand Amadea. In jedem Teresa-Gasparini-Krimi mußte der Satz vorkommen: »Wie konnte eine Frau mit einem so eleganten Namen so unelegante Beine haben.« Enrico litt unter den Ofenrohrbeinen seiner Heldin. Dieses Leiden gab seinen Kriminalromanen eine gewisse Tiefe und etwas Tragik.

Amadeas einziger Makel waren ihre Zähne. Sie waren weiß und gesund, aber völlig schief. Als sie ein Teenager war, hatte der Kieferorthopäde empfohlen, vier Zähne zu ziehen, um Platz zu schaffen, und die restlichen mit einer Spange auszurichten. »Sie können dem Kind doch keine gesunden Zähne ziehen, Sie Barbar!« hatte die Mutter gerufen. Und der Vater: »Sie wollen doch nur Geld scheffeln, Sie Geier!«

Der verliebte Enrico fand Amadeas Zähne natürlich hinreißend. »Wie Kraut und Rüben, man sieht sofort, daß du keine genbehandelte Amischickse bist«, sagte er und küßte sie. Das tröstete sie. Dennoch fand sie es unfair, daß Enrico ihrem literarischen Abbild, der Kommissarin Teresa Gasparini, völlig perfekte Zähne angedichtet hatte: »Zähne von einer Reinheit und Ebenmäßigkeit, die nicht zu einer Frau paßten, deren Beruf es war, sich mit den Verfehlungen der Gesellschaft zu befassen und im unebenmäßigen Dreck der Verbrechen herumzustöbern. Zähne von einem derartig leuchtenden Glanz, daß festgenommene Schurken, geblendet von dieser Vollkommenheit, schneller als sonst ihre Taten gestanden.«

»Ein bißchen übertrieben«, fand Amadea diese Passage. Das fand Enrico auch. Aber wenn seine Heldin schon nicht Amadeas ungewöhnlich schöne Beine haben durfte, dann eben dieses ungewöhnlich schöne Gebiß. Ausgleich mußte sein. Und gleich nahm er sich vor, in seinem nächsten Teresa-Gasparini-Krimi folgende Bemerkung unterzubringen: »Teresa lachte, und als der Mann, der sie liebte, ihre Zähne leuchten sah, vergaß er, daß die Beine seiner Lieblingskommissarin zwei langweilige rustikale Säulen waren, die an der Basis jäh in unverständlich kleinen Schuhen endeten.«

Enrico verließ sich nicht allein auf seine Phantasie. Er forschte ein wenig nach und fand heraus, daß Monsignore Bellotto erst seit wenigen Monaten der Zahnarzt des Papstes gewesen war. Bellotto war ein präziser Handwerker. Als er die Aufgabe übernahm, das Gebiß des Papstes in Ordnung zu halten, war nicht mehr viel zu machen. Das mußte für den Tüftler bitter gewesen sein, der sich um jeden kranken Zahn kümmerte wie um einen Sünder. Das Retten war es, das ihn befriedigte. Brücken bauen. Löcher stopfen. Einen todgeweihten

Zahn vor dem Verfall zu bewahren, das war Monsignore Bellottos göttliche Kunst und sein weltlicher Triumph. Er machte sich Sorgen um das Gebiß seines Herrn. Vier Backenzähne hatte er unlängst schon ziehen müssen, nun begann vorn einer der Schneidezähne zu faulen. Enrico schrieb:

Die Vermutung der Kommissarin Teresa Gasparini war entzückend, aber falsch: Kein noch so fetischistischer Katholik hätte einen Pfennig für diese faulen Zähne ausgegeben. Mit Sicherheit wurde Bellotto nicht getötet, weil jemand an diese ausgedienten und verwesten päpstlichen Beißer kommen wollte. Reliquiensammler sind sonderbare Menschen, aber auch ihre Neigungen haben Grenzen.

Ein Papst mit einer zentralen Zahnlücke vorne oben war ein Problem. »Das wird dem Chef bei Zigmillionen von ziemlich zahnlosen Armen viel Sympathie einbringen«, sagte der Berater, der für die Imagepflege des Papstes in der dritten Welt zuständig war. Neuerdings wurde der Heilige Vater im Kreis seiner engsten Mitarbeiter »Chef« genannt.

»Unsinn«, sagte ein anderer Berater, »in den Vereinigten Staaten von Amerika kann er sich mit einer Zahnlücke vorn nicht sehen lassen.« Der Einfluß der katholischen Kirche werde in Nordamerika rapide sinken, wenn die Vorderzähne des Papstes nicht komplett wären und einigermaßen vertrauenserweckend aussehen würden.

Das Menschliche am gottesnahen Papst war, daß auch er Angst vor dem Zahnarzt hatte. Bellottos Vorgänger war ein würdiger alter Herr von über 90 Jahren gewesen. Der Papst durfte bei der Behandlung seine Lieblingshaltung beibehalten und mußte sein Knien nicht unterbrechen. Der alte Zahnarzt hatte ihn freundlich gebeten, M–A–R–I–A zu sagen und beim letzten A den Mund weit geöffnet zu lassen. Er hatte ihm kundig in den Mund gesehen und freundlich genickt. Gott hilft Ihnen, Heiliger Vater. Eine Behandlung schien nicht nötig.

So war die Karies des Papstes kräftig vorangeschritten, zumal er sich gern mit einem Karamelbonbon im Mund zur Ruhe begab. Als der Zahnschmerz so heftig wurde, daß das flehentlichste Beten nicht mehr half, als täglich Messen für die Zähne des Papstes gelesen wurden und auch das vergeblich war, entschloß sich der Heilige Vater, Monsignore Bellotto aufzusuchen, der unter den hohen Würdenträgern im Vatikan den Ruf hatte, ein hervorragender Zahnarzt zu sein.

Bellotto war damals 75 Jahre alt und hatte neuartige Behandlungsmethoden. Nicht er besuchte den Papst, dieser mußte ihn besuchen. Der Papst protestierte vergeblich. Bellotto behauptete, er könne die Zähne eines Knienden nicht untersuchen, Stellvertreter Gottes auf

Erden hin oder her, auch der Heilige Vater habe auf seinem Zahnarztliegestuhl Platz zu nehmen. Man könne schließlich auch im Liegen Gott um Beistand bitten.

Stöhnend vor Zahnschmerz und vor Wut auf das moderne Leben hatte der Papst gehorcht. Bellotto zog ihm die faulsten der Backenzähne und machte sich damit vor allem bei den Leuten beliebt, die sich täglich in unmittelbarer Nähe des Papstes aufhielten, denn nun roch der Heilige Vater nicht mehr wie ein mittelalterlicher Pestkranker aus dem Mund.

Enrico schrieb und schrieb, und beim Schreiben wurde ihm das Schicksal des Monsignore Bellotto immer klarer. Er sah den rüstigen Mann vor sich, sicherlich kein Frömmler, sondern ein eigensinniger Spezialist. Das Medizinstudium hatte ihn mit der Welt in Berührung gebracht. Nur mit einer Sondergenehmigung durften Geistliche ein zweites, weltliches Studium absolvieren. Und nur die Besten bekamen diese Genehmigung. Man brauchte sie im Vatikanstaat. Ein Völkchen von knienden Kriechern brauchte ein paar aufrechte, unbeirrbare Gestalten. Monsignore Bellotto war eine nicht unwichtige Person und mochte im streng reglementierten Leben der perfiden Gottesdiener gewisse Freiheiten genießen.

Ein solcher Mann muß nur dann beseitigt werden, wenn er im Besitz von Geheimnissen ist, die der Kirche schaden können, folgerte Enrico. Der Papst war zu alt und zu vertrottelt, um Geheimnisse zu kennen. Er lallte nur noch seine Litaneien herunter. Bellotto kannte ihn zudem fast nur mit offenem Mund. In diesem peinlichen Zustand waren die Reste seines Artikulationsvermögens dahin. Seine formlosen Laute waren nicht zu deuten: Betete er zu Gott, oder schimpfte er auf die moderne Medizin? Es war nicht zu unterscheiden.

Nicht nur Monsignore Bellotto und seine engsten Mitarbeiter, die ganze katholische Welt hatte Schwierigkeiten, seine Heiligkeit zu verstehen. Dennoch ließ sich der Alte allerlei Weltreisen nicht ausreden. Er liebte es, in seinem Glasauto herumzufahren und zu winken, er liebte es, wie ein Popstar in Fußballstadien zu Zigtausenden zu sprechen, die unbegreiflicherweise herbeigeströmt waren, um dem Gemümmel des bockigen Greises zu lauschen. Im Herbst des Jahres 1999 reiste der Papst nach Bombay und besaß die Frechheit, den Indern zu drohen: Nachdem Amerika im zweiten Jahrtausend erfolgreich christianisiert worden sei, sei nun im dritten Jahrtausend Asien an der Reihe. Die Diplomaten des Vatikan hatten gehofft, die blödsinnigen Bemerkungen, mit denen sich der Katholizismus selbst ins Abseits manövrierte, seien von der Weltöffentlichkeit nicht vernommen worden, doch der dem Papst hündisch ergebene Kardinaldolmetscher hatte jedes einzelne Wort seines irren Gebrabbels treulich übersetzt. Zur Strafe wurde der Mann noch während des Rückflugs in den

Vatikan im päpstlichen Jet vergiftet und empfing die letzte Ölung von den Händen seines tattrigen Dienstherren. Fortan hielt man es für richtig, auch dem Papst selbst ein Fläschchen Gift zu seiner täglichen Medikamentenration hinzustellen, doch der alte Fuchs verschmähte die gutgemeinte Gabe.

Brisante Geheimnisse dieser Art dürften die Archive der Vatikanischen Bibliothek zuhauf bergen. Denn wie auch die Enthüllungen über die Nazis in Deutschland zeigen, sind Mörder oft exakte Buchführer. Es war anzunehmen, daß Monsignore Bellotto seine freie Zeit nicht mit inbrünstigen Gebeten verschwendete, sondern in der Bibliothek zubrachte. Enrico wußte von eigenen Bemühungen als recherchierender Autor, daß es für Außenstehende völlig ausgeschlossen war, ins Innere der Vatikanischen Bibliothek vorzudringen. Er hatte gehört, daß selbst hohe geistliche Würdenträger nur mit großen Schwierigkeiten die Erlaubnis erhielten, gewisse Räume der Bibliothek zu betreten. Wer auch nur eine vage Vorstellung von der verbrecherischen Geschichte des Christentums hat, kann sich ausmalen, daß in den sogenannten Giftkammern der Vatikanischen Bibliothek Schriften lagern, deren Veröffentlichung der Kirche den Todesstoß versetzen könnte. 170 Tausend Druckwerke und Handschriften sollen es sein, die in zehn großen Räumen im Kellergeschoß lagern. Die Räume sind seit einigen Jahren vollklimatisiert und mit einer Videoüberwachungsanlage ausgestattet. Fotokopiergeräte gibt es nicht. Selbst Notizen dürfen im Hochsicherheitstrakt nicht gemacht werden. Hier befinden sich – neben den Tausenden harmloser Schriften, die von der katholischen Kirche auf den Index gesetzt wurden und nur noch von wenigen greisen Reaktionären als gefährlich eingestuft werden – all die Berichte von Abtrünnigen und über Abtrünnige, ferner die berüchtigten Inquisitionsprotokolle, die tatsächlich das Zeug dazu haben, die Geschichte des christlichen Glaubens als Geschichte einer Geisteskrankheit erscheinen zu lassen.

Zu diesen Räumen haben also nur sehr hohe Würdenträger mit Sondergenehmigung Zutritt. Meist geben sie heuchlerisch vor, kirchengeschichtliche Studien betreiben zu müssen mit dem Ziel, die Kirche zu entlasten. Analog zur Auschwitz-Lüge der Neo-Nazis ist im Vatikan die Inquisitions-Lüge der Neo-Konservativen beliebt. »So war es nicht!« Es wurden keine unschuldigen Frauen als Hexen bezeichnet und johlend verbrannt! Wer glaubhaft versichern kann, diese Ansichten zu unterstützen, wird zwar ebenfalls streng überwacht, hat aber Zugang zu fast allen Schriften.

Zu diesen abscheulichen Büchern greifen nur Abartige, die sich trotz der Behauptung, so sei es nicht gewesen, daran weiden, daß es so war, und denen die Leibesvisitation beim Betreten und Verlassen des Hochsicherheitstrakts eher angenehm als unangenehm ist.

Es ist nicht anzunehmen, entschied Enrico Rosso kraft seiner Autorität als Schöpfer sehr wirklichkeitsnaher Kriminalromane, daß Monsignore Bellotto Interesse an diesen abscheulichen Schriften gehabt hat. Auch dürfte dem sachlichen Zahnarzt die Gesellschaft der abartigen Kollegen zuwider gewesen sein, die ihre Erregung bei der Lektüre von Berichten über grausame Folterungen in Gottes Namen in der Regel kaum verbergen können.

Monsignore Bellotto war kein Ideologe. Es war anzunehmen, daß sein Interesse weniger den Irrungen der Kirche galt als der nüchternen Zahnheilkunde und ihrer Beschreibung in alten Texten. Es war ebenfalls anzunehmen, daß er sich gerne in den Räumen der Bibliothek aufhielt, wo der Besucher nicht von einer Überwachungsanlage beäugt wird und das Sonnenlicht vormittags durch die Fenster flutet.

Der mit Abstand angenehmste Ort in der Vatikanischen Bibliothek ist die sogenannte »Dreikönigssuite«. In fünf großen miteinander verbundenen Räumen befinden sich etwa 45 Tausend Schriften allein zum Thema Heilige Drei Könige/Weise aus dem Morgenland/Anbetung. Bekanntlich beschränken sich die Auskünfte über den berühmten Besuch der drei Herren bei dem soeben geborenen Jesusknaben im Neuen Testament auf nur wenige uninformative Sätze. Um so mehr hat diese beiläufige Erwähnung die Phantasie mittelalterlicher Erzähler angeregt. Zwischen 550 und 1380 nach Christus entstanden mehr als 40 Tausend sogenannte apokryphe Schriften. Die strenge Glaubenslehre hat sich schon vor Jahrhunderten vom Inhalt dieser abenteuerlichen Texte distanziert, die heute kaum noch Theologen interessieren. Sie haben daher in der Vatikanischen Bibliothek die niedrigste Sicherheitsstufe und können sogar ausgeliehen werden. Sie gelten als harmlos und werden meist von katholischen Pädagogen eingesehen, die an Kinderbibeln schreiben und ein paar neckische Details brauchen.

So kann man den apokryphen Schriften manchen lustig blühenden Unsinn entnehmen, wie etwa jene ursprünglich althochdeutsch formulierte Darlegung, mit der die Wunderkräfte des Jesuskinds schon auf die ersten Lebenstage märchenhaft vorverlegt werden sollten. In der Übersetzung ins Niedermittelhochfränkische liest sich die Passage so: »Und ener der dri Könick ist en kohlpechrabschwoazer Mohr gewest, mit em Gsicht, als wie mit ener schwoazen Dintn angmoln, doch lütt Jesu forcht sich net, griff grad die Kokosnusz. Kriegst net uff Kloaner, sacht da Mohr, da macht lütt Jesus Kleinfaust, schlogt zu und off isse de Nusz.«

Monsignore Bellotto, des Papstes Leibdentist, mag vor allem über die Passagen gelächelt haben, in denen die Zähne des neugeborenen Jesus als Beweis seiner Göttlichkeit aufgeführt werden, wobei diese Passagen leider oft einen unangenehmen antisemitischen Einschlag haben. So berichtet eine der zahllosen Legenden, daß im Troß der Drei Könige ein Feldkoch reiste. Dem Knäblein wurde neben Kleinodien aller Art auch ein Stück Schweinebraten offeriert, schön kroß gebraten. Der nur drei Tage alte Jesus habe mit dem Ausruf »Bin ich a Jud!« in die Kruste des Schweinebratens gebissen und mit großem Appetit das unkoschere Fleisch verzehrt.

All diese seit etwa 300 Jahren in der Dreikönigssuite untergebrachten kuriosen Schriften wurden zwar gesammelt und bewahrt, aber von den Päpsten nie ernstgenommen. Ganz anders eine Schrift, die vom Kirchenvater Augustinus erwähnt wird und die immer wieder für Aufregung sorgte. Augustinus behauptet, es gebe entgegen allen anderslautenden Beteuerungen ein Originalzeugnis von einem der drei Magier (Weisen, Könige). Dieses Dokument sei nach Konstantinopel und von dort nach Rom gelangt. Es müsse sich in päpstlichem Besitz befinden. Nach Ansicht des Augustinus handelt es sich um das brisanteste Dokument des Christentums. Reiner Sprengstoff. Bei seiner Lektüre platze jeder noch so feste Glauben. Augustinus nimmt an, daß Päpste, die besonders über die Stränge schlugen, dieses Dokument kannten, somit nicht mehr an die Heilslehre glaubten, sich nicht mehr zum Einhalten der christlichen Glaubensgrundsätze verpflichtet fühlten und ein ungebremstes Sexualleben entfalteten.

Nachdem Enrico Rosso einen Vormittag lang geduldig mit einigen bigott raunenden Kirchenleuten telephoniert hatte, wußte er, daß nach dieser geheimnisvollen Schrift immer wieder gesucht worden war. Immer vergeblich. Es scheint Päpste gegeben zu haben, die während ihrer Regentschaft nichts anderes taten, als nach dieser Schrift forschen zu lassen. Von Papst Leo VIII., Vater von angeblich 800 Kindern, ist der Ausspruch überliefert: »Eher paßt eine Kamelkarawane durch ein Nadelöhr, als daß unter zehn Millionen frommen Büchern diese verfluchte Schrift gefunden wird.« Seit weit über 100 Jahren allerdings glaubt im Vatikan kein ernstzunehmender Funktionsträger mehr an das Vorhandensein dieser Schrift, die im Jahr 2000 exakt 2000 Jahre alt sein müßte. Allerdings darf nicht vergessen werden, daß es sich bei etwa zwei Dritteln der im Vatikan Beschäftigten nach wie vor um nicht ernstzunehmende Personen handelt, die überaus gefährlich werden können, wenn sie das Gefühl haben, der Kirche könne das Licht ausgeblasen werden und ihr Arbeitsplatz damit perdu sein.

Es wurde Enrico immer klarer, daß in den Verliesen des Vatikans noch immer Personen ihr Unwesen treiben mußten, die sich an eine päpstliche Geheimverordnung aus dem Jahr 1687 hielten, wonach abtrünnige oder auch nur mißliebige Angehörige des Vatikans oder Personen, die dem Ansehen des christlichen Glaubens Schaden zugefügt haben oder im Verdacht stehen, ketzerische, gegen die Kirche gerichtete Machenschaften im Schilde zu führen, weder außerhalb des Vatikangeländes auf offener Straße noch in ihren Privatbehausungen liquidiert werden sollen.

Die Verordnung ist bis heute nicht aufgehoben worden. Sie scheint vielmehr penibel befolgt zu werden. Hin und wieder läßt es sich offenbar nicht vermeiden, daß ein Inqusitionskommando außer Kontrolle gerät. Dann wird ein unliebsam progressiver geistlicher Würdenträger oder ein Offizier der Schweizergarde, der zu viel weiß und auszupacken droht, auf dem Weg zum frommen Arbeitsplatz oder in seiner Wohnung ermordet. Die an Verbrechen aller Art gewöhnte Weltöffentlichkeit ist einige Tage lang verwundert. Nicht zuletzt dank der hochprofessionellen Pressearbeit der PR-Abteilung des Vatikans aber werden solche Bluttaten erfolgreich als das undurchsichtige Werk eines einzelnen dargestellt. Mit wohldosierter Desinformation und diskreten Hinweisen wird glaubhaft der Eindruck erweckt, homosexuelle Eifersucht oder ein bedauerlicher, völlig untypischer religiöser Fanatismus seien die Motive für das Verbrechen.

Enrico Rosso schrieb und schrieb – und je mehr er schrieb, desto plausibler schien es ihm, daß die Ermordung des Monsignore Bellotto nur ein Werk vatikanischer Hardliner sein konnte, die den Zahnarzt des Papstes im Verdacht hatten, eine brisante Schrift entwendet oder auch nur eingesehen zu haben. Vielleicht gar die von Augustinus erwähnte Schrift, deren Veröffentlichung das Christentum zum Platzen bringen könnte. Enrico hatte das Gefühl, nahe an der Lösung des rätselhaften Mordes zu sein, rief seine über alles geliebte Kommissarin Amadea Ferrari an und teilte ihr seinen Verdacht mit.

»Bei allem was recht ist!« sagte Amadea, lachte und schlug ein Treffen am Abend und eine gemeinsame Nacht vor: »Es tut dir nicht gut, wenn du drei Wochen lang nur schreibst und schreibst und nicht lebst und liebst«, sagte sie, »du denkst dann schon wie ein Pfaffe!« Sie habe zwar absolut keine Zeit, weil tief in den Ermittlungen zu einem Mafia-Fall, aber Enricos Geisteszustand sei ihr einiges wert. »Also, wie ist es, gehen wir um neun essen und dann ab in mein Kommissarinnenbett!?«

»Ich schlafe nicht mit dir, bis ich den Mörder von Bellotto habe, du gewissenloses Lotterweib«, sagte Enrico. »Ich habe eine Berufsehre. Aufklärung geht vor Triebbefriedigung.« Er ärgerte sich, Amadea angerufen zu haben. Man soll den Leuten nur fertige Ergebnisse präsentieren. Sie glauben einem sonst nicht. Sie machen sich über einen lustig.

In den Teresa-Gasparini-Krimis hatte Enrico auch eine Rolle für sich vorgesehen. Er nannte sich aus naheliegenden Gründen »Caruso«. Caruso war allerdings kein Krimiautor, das wäre zu spiegelbildlich gewesen, sondern ein gescheiterter Musikstudent, der Teresa trotz ihrer dicken Beine gelegentlich beim Lösen ihrer Fälle zur Hand ging.

Kaum war das Telephongespräch mit Amadea zu Ende, schrieb Enrico an seinem Vatikan-Krimi weiter: »Ich glaube, ich habe eine Spur, sagte Caruso. Schon mal was von Augustinus gehört? – Teresa schüttelte den Kopf: Du bist mir zu fromm heute, sagte sie. – Er sah sie an und dann an ihr herunter: Deine Beine sind so stämmig heute, sagte er und ging wieder an die Arbeit.« Enrico las die Passage zufrieden durch. Das war die Strafe für Amadeas Ungläubigkeit. Schreibend konnte man nicht nur Mördern auf die Spur kommen, schreibend konnte man auch Rache üben. Enrico schloß die Augen und besann sich:

Was im Inneren des Vatikans geschieht, dringt nicht nach außen. Die meisten der in der Verwaltung des Kirchenstaats beschäftigten Personen haben ihr Leben je nach Veranlagung Christus oder seiner Mutter Maria geweiht und leben ohne Familie. Ihr Verschwinden fällt nicht auf. Nach Schätzungen der Geheimorganisation »Kirche ohne Blut« sind seit Beginn der Zählungen etwa

1200 Personen spurlos verschwunden, das sind pro Jahr etwa 46 Personen. Die Mehrzahl dieser Opfer dürften mit Gift zu Tode gebracht worden sein. Das Erstechen, Erschlagen, Erschießen, die Enthauptung oder das Spalten des Schädels mittels der Hellebarde bleiben die Ausnahme.

Die Geheimorganisation »Kirche ohne Blut« ist seit 1973 tätig. Zuvor wurden die Morde nicht registriert. Die italienische Polizei hält sich an die Version, es handle sich dabei um nichts als finstere Gerüchte. Sie möchte keinen Grund haben, hier einzugreifen. Das Mordkommissariat ist überlastet. Mit den Verbrechen der Mafia hat man genug zu tun. Noch mehr Arbeit darf nicht auf die Polizei zukommen. Obendrein genießen die Kirchenleute eine Immunität, die Ermittlungen im Bereich des Vatikanstaates erheblich erschweren würde. Die meisten Opfer sind fromme Besserwisser, so die inoffizielle Einschätzung kirchenkritischer Polizisten. Fromme Besserwisser haben vielleicht nicht diesen Tod verdient, aber sie müssen ihn in Kauf genommen haben. Nichteinmischung lautet die Devise der Polizei. Hinzu kommt, daß fast alle Informationen von »Kirche ohne Blut« stammen. Sie spricht sich zwar gegen das interne vatikanische Schlachten aus, ihre kirchenpolitischen Ziele sind aber noch reaktionärer als die der reaktionärsten Päpste. Keine italienische Regierung möchte daher dieser Organisation zu mehr Macht verhelfen.

Die Selbstjustiz des Vatikans, die Außenstehenden als grausam, mittelalterlich oder auch als grotesk unglaubhaft erscheint, hat nur mittelbar mit dem jeweils herrschenden Papst und seiner mehr oder weniger reaktionären Kirchenpolitik zu tun. Der Papst weiß davon wenig. Es sind vielmehr die unsichtbaren Befehlshaber des mittleren Standes in der vatikanischen Hierarchie, die darüber entscheiden, wieviel Angst und Schrecken mit dem Statuieren von Exempeln verbreitet wird und welche Köpfe rollen sollen. Die Todesstrafe wird zwar im Vatikan nicht mehr verhängt, aber sie ist nicht abgeschafft, sondern wohlweislich noch immer nicht aus der päpstlichen Rechtsverordnung gestrichen. Möglicherweise dient sie als heimliche Legitimation für das beliebte Auslöschen christlicher Lebensflammen.

Soviel war Enrico klar: Daß Monsignore Bellotto auf offener Straße ermordet worden war, zeigte nur, daß die Häscher des Vatikans in größter Eile handeln zu müssen glaubten. Vielleicht hatten sie plötzlich den Verdacht oder die Erkenntnis, Bellotto könnte sich in den Besitz der von Augustinus erwähnten Schrift gebracht haben? Bellotto befand sich vielleicht in diesem Augenblick schon nicht mehr im Bereich des Vatikans. Er konnte also nicht mehr unauffällig liquidiert werden, wie es die Verordnung von 1687 empfiehlt. Ein paar Hardliner schnauben vor Wut. Sie brauchen nicht lange abzuwägen. Bellotto ist eine Gefahr für die katholische Kirche und den christlichen Glauben. Seine Ermordung wird der Kirche kaum schaden, sein Weiterleben aber kann sie zum Einsturz bringen. Einer der Hardliner nickt zwei Jungens von der Schweizergarde zu und bekreuzigt sich. Die Jungens gehen in das Umkleidezimmer, ziehen ihr gelbes Garde-Clownkostüm aus und normale Straßenkleidung an. Sie stehlen zum Vermeiden jeglicher Spuren zwei Motorräder, fahren ans Tiberufer in die Nähe der Wohnung von Bellottos Mutter. Dort lauern sie dem Monsignore auf. Wenn er die explosive Schrift bei sich hat, werden sie sie ihm wegnehmen und ihn ins Jenseits befördern. Wenn er von der Schrift nichts wissen will, werden sie ihn zuerst so lange verprügeln müssen, bis er sagt, wo die Schrift ist. »Wenn diese Schrift ans Licht kommt, ist es aus mit dem Papst und mit euren Arbeitsplätzen«, hatte der Leiter des Wachkommandos der Bibliothek gesagt. Und den Arbeitsplatz wollen sich die beiden nicht von einem 76jährigen Monsignore wegnehmen lassen.

So könnte es gewesen sein, dachte Enrico. Fehlt nur die Schrift als Beweis. Es könnte eine Rolle sein. Papyrus. Ein mittelalterliches Buch könnte damit eingebunden gewesen sein. Monsignore Bellotto war alles andere als ein Kirchenrevolutionär. Er hatte mehr die Zahnheilkunde im Sinn. Wenn er die Schrift tatsächlich aus der Bibliothek mitgenommen hat, dann nicht, um die Kirche in den Abgrund zu stürzen, sondern weil sie einen zahlheilkundlichen Aspekt enthielt. Dieser Aspekt muß ihn interessiert haben. Also hat er sich, wenn überhaupt, mit einem Zahnmediziner darüber ausgetauscht oder noch austauschen wollen – so muß es gewesen sein.

Enrico Rosso liebte es, Kriminalromane zu schreiben und damit der Wirklichkeit auf die Spur zu kommen. Er suchte die Mutter von Monsignore Bellotto auf, kondolierte ihr zwei Stunden lang und rühmte dann über eine Stunde das zahnmedizinische Können ihres auf so hinterhältige Weise ums Leben gekommenen Sohnes. Dann fragte er die Alte, ob ihr Sohn Kontakt zu anderen Zahnärzten gehabt hätte. Und siehe da, anders als in herkömmlichen Kriminalromanen konnte sich die Signora sofort erinnern, daß ihr Sohn einen alten Freund getroffen hatte oder treffen wollte, mit dem er vor Jahrzehnten in Neapel Zahnmedizin studiert hatte, weil er fand, ein Theologiestudium sei nur eine halbe Sache. Die Alte kramte in einer Schublade und hielt Enrico eine mehlige Pasta-fresca-Papiertüte hin, auf der eine amerikanische Telephonnummer notiert war: »Ecco!«

Als Dr. Fausto Guzzi in Los Angeles hörte, daß sein alter Freund, der Monsignore Bellotto, ermordet worden war, erkundigte er sich sofort nach dem Beerdigungstermin: »Ich muß kommen.«

»Können Sie sich erinnern, ob er mit Ihnen über eine alte Schrift gesprochen hat, in der vielleicht irgend etwas von Zähnen vorkommt«, fragte Enrico vorsichtig und aufs äußerste gespannt.

»Wofür halten Sie mich, junger Mann«, sagte Dr. Guzzi erbost. »Diese jungen Leute fragen immer, ob man sich erinnern könne. Haltet ihr uns denn alle für verkalkte Schwachköpfe!« Natürlich könne er sich erinnern. Der Monsignore habe ihm die Schrift zugeschickt.

Enrico hatte das Gefühl, vor Glück zu sterben. Doch, dachte er, die Lösung eines Falles hat etwas mit der Erlösung beim Orgasmus zu tun. Es fühlte sich ein bißchen so an. Er würde sich mit Amadea darüber unterhalten, ob es ihr auch so ging. Er würde es Caruso in seinem Vatikan-Kriminalroman sagen lassen, und Teresa Gasparini würde erwidern: »Ich ziehe den Höhepunkt im Bett vor, du seltsamer Sänger!«

»Ob Sie wohl so freundlich sein könnten, diese Schrift mitzubringen, wenn Sie zur Beerdigung kommen, um sie mir zu zeigen?« fragte Enrico so höflich wie möglich.

»Was drücken Sie sich so gewunden aus, junger Mann«, sagte Dr. Guzzi. Er glaube nicht, daß die Schrift noch existiere. Die Amerikaner würden altes vergilbtes Papier schnell wegschmeißen. »Dieses sah aus, als könnte es Krankheitserreger enthalten.«

Enrico wollte sterben. Ganz schnell nur noch sterben. Es gab keine strahlenden Siege im Leben. Die Chance, als *der* Mann in die Geschichte einzugehen, der das sagenumwobene Papier zu Tage förderte, welches die christliche Religion zur Feier ihres 2000jährigen Bestehens zum Einsturz brachte, war vertan.

Der Zahnarzt Dr. Guzzi war 79 Jahre alt. Er praktizierte nicht mehr, verdiente sich aber etwas Geld, als Vertreter einer Firma aus San Francisco, die Zahnarztbehandlungsstühle herstellte. Diese Firma verschickte zu Weihnachten immer kleine Bücher mit witzigen Weihnachtsgeschichten an ihre Kunden. Eine Aufmerksamkeit. Eine Werbegabe, um die Zahnärzte an ihre Marke zu binden. Ideal, wenn die Geschichten etwas mit Zähnen zu tun hatten. Viele Weihnachtsgeschichten gab es nicht, in denen Zähne eine Rolle spielten. Sein alter Studienfreund, Monsignore Bellotto mit Zugang zur Vatikanischen Bibliothek, sei ihm behilflich gewesen und habe ihm eine wirklich sehr amüsante Geschichte geschickt. Sie war in unleserlichen Buchstaben auf uraltes Papier geschrieben. Der Monsignore hatte behauptet, es handle sich um ägyptische Hieroglyphen auf Papyrus. Bellotto habe den Text nur ansatzweise entziffern können. Weil das altägyptische Hieroglyphenzeichen für »Zahn« einem Zahn ähnle, sei ihm der Text aufgefallen. Die Zahnarztstuhlfirma habe ihn im Institut für Ägyptologie der Universität von Los Angeles übersetzen lassen.

Enrico atmete auf.

Das Problem sei nur gewesen, erzählte Dr. Guzzi lachend, daß der alte Text der Firma zu blasphemisch war. Er mußte gekürzt und redigiert werden. Zu Weihnachten wollte man den Kunden keine allzu gotteslästerlichen Geschichten zumuten. Das Büchlein mit dem überarbeiteten Text dürfte schon fertig sein. »Ich kann Ihnen ein Exemplar mitbringen, Signore, wenn wir uns auf der Beerdigung sehen.«

»Bitte«, sagte Enrico flehend, rief nach diesem Gespräch die Auslandauskunft an und dann das ägyptologische Institut der Universität von Los Angeles. Er merkte sofort: Hier wird gemauert. Man wußte erst von nichts, lachte dann und sagte: »Ach so! Das meinen Sie!« Es habe sich um eine billige Fälschung gehandelt, wahrscheinlich eine Schülerarbeit, keine 100 Jahre alt, ein Scherz, das Papier habe der Universität nur als Fotokopie vorgelegen.

»Wie können Sie aufgrund einer Fotokopie das Alter des Originals so genau bestimmen?« fragte Enrico scharf, und die Kaugummistimme jenseits des Atlantiks verstummte.

Vier Tage später wurde die Leiche von Monsignore Bellotto freigegeben. Die Beerdigung fand am 1. November 1999 statt, am Allerheiligenfest, als der Friedhof voller Menschen war. Nach der Beerdigung bekam Enrico von Dr Guzzi ein kleines Büchlein ausgehändigt.

»Was sind das für Geheimnisse?« fragte Amadea.

»Gedulde dich, der Roman ist fast fertig«, sagte Enrico.

»Und?« Amadea konnte ihre Neugierde nicht zurückhalten.

Enrico betrachte ihre langen eleganten Weitspringerinnenbeine und sagte: »Caruso betrachtete Teresa und sagte: Du solltest öfter Schwarz tragen. Das steht einer Frau mit dicken Beinen am besten.«

»Wie wird der Roman heißen?« fragte Amadea.

»Vielleicht: *Der Zahnarzt des Papstes*«, sagte Enrico. Er blickte auf den Titel des kleinen grauen Büchleins, das ihm Dr. Guzzi in die Hand gedrückt hatte. »Oder *Die Wahrheit der Anbetung* – mal sehen.«

»Wann erscheint er?« Amadea war etwas skeptisch.

»Rechtzeitig vor Weihnachten«, sagte Enrico.

»Oh«, sagte Amadea.

Nach dem Erfolg seines zweiten Romans war Enrico Rosso in eine große Wohnung mit Kamin gezogen. Wenn man schon nichts als ein Krimiautor war, dann mußte man wenigstens einen Kamin haben, fand er. Durchfroren kam er nun von der Beerdigung zurück, zündete den Kamin an, dachte daran, daß er bald mit Amadea hier sitzen würde, begann vorne zu glühen, fror am Rücken noch immer und nahm das graue Büchlein zur Hand: *Die Wahrheit der Anbetung*.

Auf der ersten Innenseite wünschte die Firma Carter Hydraulics ihren Kunden ein gesegnetes neues Jahr und gute Unterhaltung bei der Lektüre der Erzählung *Die Wahrheit der Anbetung*. Auf der nächsten Seite war ein Zettel beigelegt, der ironisch die Packungsbeilagen von Medikamenten imitierte und neckisch auf die »Nebenwirkungen« hinwies: Bei Patienten mit starken religiösen Gefühlen könne es kurzfristig zu Störungen dieser Gefühle kommen. »Setzen Sie in dem Fall die Lektüre kurz ab, führen Sie sich einige Informationen über die Geschichte des Christentums zu, zum Beispiel über die ›Heilige Inquisition‹ der katholischen Kirche, und fahren Sie dann mit der Lektüre fort. Kommt es erneut zu Beschwerden, brechen Sie die Lektüre ab. Verschenken Sie das Buch, oder werfen Sie es zum Altpapier. Setzen Sie die Lektüre trotz innerer Irritationen fort, kann es dennoch nicht zu Folgeschäden kommen. Das Vademekum wurde in einem Versuchszeitraum von sieben Jahren ausgiebig getestet. Es führte in 0,02 Prozent zu Kirchenaustritten, in 0,02 Prozent wurden angestrebte Kirchenaustritte damit verhindert.«

Die Titelseiten des kleinen Breviers waren offensichtlich bemüht, die Schrift als Satire erscheinen zu lassen: »2000 Jahre hat es gedauert. Nun wissen wir, was sich damals wirklich zugetragen hat in Bethlehems Stall zur Stunde Null«, stand da zu lesen. Dann der Untertitel:

»Wie Jesus von Kaspar eine Apfelsine geschenkt bekam, und warum er später so milde zu Ehebrechern war. Eine Enthüllung aus dem hieroglyphischen Ägyptisch von Dr. Guzzi und Monsignore Bellotto unter Mitwirkung des Instituts für Ägyptologie der Universität von Los Angeles.« Dann endlich begann der Text:

Ich stamme aus Ägypten, wo, wie man weiß, der Wüstenwind den Sand durch die Gegend bläst. Ich mag meine Heimat nicht. Vor allem hasse ich den Sand. Er dringt sogar in die Ohren der Mädchen. Wenn man sie küßt und in den Windungen ihrer Ohrmuscheln züngelt, bekommt man die winzigen Körnchen in den Mund. Auch ohne Ohrenkuß quält einen der Sand. Er fliegt dem Bäcker in den Teig, und schon ist er im Brot. Knirsch, knirsch. Ißt man in der Kindheit, wenn die Zähne noch weich sind, viel Brot, nützen sich die Zähne rasch ab. Ägypter haben alle kurze abgewetzte Zähne, die zu allem Überfluß ab 30 zu faulen beginnen.

Lieber esse ich Suppe vom Schwanz des Esels als Brot. Meine Zähne sind daher in Ordnung. Ich will aber auch eine Frau mit einem schönen Gebiß haben und keine stumpfzahnige Schnepfe aus dem Nildelta. Einmal habe ich eine Jüdin vom See Genezareth gesehen, die nach Ägypten gekommen war, um die Pyramiden zu besichtigen. »Plemplem!« sagte sie, als sie erfuhr, daß die riesigen geometrischen Steinberge nichts als Grabmäler für unsere übergeschnappten Könige waren. Ich mag Frauen, die für Götter und Könige nichts als Spott übrig haben.

»Jaffa, Jaffa«, sagte die Jüdin dann plötzlich, lachte mich an und warf mir eine Orange aus ihrem Proviantbeutel zu. Nie werde ich ihre langen weißen Zähne vergessen. Sie reiste ab, und ich begriff, daß es der Sinn meines Lebens sein würde, die Entglittene zu finden.

So machte ich mich auf den Weg nach Palästina, um Jaffa am See Genezareth zu suchen. »Jaffa liegt nicht am See Genezareth, sondern an der Küste, drei Tagesreisen westnordwestlich von Jerusalem«, sagte mein Onkel Ramses, der alte Besserwisser, »auch Japho oder Joppe genannt.« Ich hatte ihn um eine Beschreibung der Reiseroute gebeten, und er mußte wieder seine volle Bildung an den Mann bringen. Er wußte zu berichten, daß es in Palästina ganze Wälder mit Bäumen gebe, an denen Orangen wuchsen. Diese Frucht sei reich an natürlichem Vitamin C und daher gut für die Zähne und den Rest des Körpers, sagte Onkel Ramses und wirkte wie einer dieser Typen vom Stamme Demeter aus Kreta, die durch die Lande ziehen, zur gesunden Ernährung aufrufen und einem damit fast ebenso auf die Nerven gehen wie unsere Stummelzahnkretins, die diese Reformhausprediger auslachen und ihnen keinen Glauben schenken. Alleine reisen ist beschwerlich und langweilig. Ich schloß mich daher bald einem anderen Reisenden an, der mir in einer

Herberge unweit des Roten Meeres auffiel, als er mit verzücktem Gesichtsausdruck eine Papyrusrolle studierte, auf die ein Künstler kleine Frauenbildnisse gemalt hatte. Der Mann hieß Melchior, kam aus dem Zweistromland Mesopotamien, wo die Frauen alle eine vom Sumpffieber verunstaltete Haut hätten, wie er behauptete. Pusteln, Pickel, Furunkel, Eiterbeulen – und das nicht nur in der Pubertät, sondern bis ins reife Alter. Melchior schüttelte sich. Dazu machten alle erdenklichen Arten von Herpes das Knutschen zu einem fragwürdigen Vergnügen. Ein weitverbreiteter Wangenpilz und die rubinrote Handrückenschuppenflechte erlaubten oft nicht einmal harmlose Zärtlichkeiten. Man hatte Melchior gesagt, in Byzanz lebten die Frauen mit der schönsten Haut. Auch er war auf der Suche.

Schließlich stieß Balthasar aus Persien zu uns. Balthasar war gebildet und stockschwul. In seiner Heimat werde man von irgendwelchen Fanaten sofort gesteinigt, wenn man einem Mann auch nur etwas zu freundlich einen guten Tag wünsche, sagte Balthasar. Wir hielten das für eine Übertreibung. Er hatte einige Schriften von griechischen Philosophen gelesen, nun zog es ihn nach Athen oder Sparta, wo er seiner Knabenliebe zu frönen hoffte. Sollte, wie zu hören war, Schwulsein in Griechenland aus der Mode gekommen sein, so würde er sein Glück in Syrakus oder in Rom versuchen. So reisten wir viele Wochen zusammen. Melchior war 19, Balthasar 20 Jahre alt. Ich war mit 18 Jahren der Jüngste. Tagsüber ritten wir schweigend und sinnend auf unseren Kamelen, und die Stunden wurden mir nicht lang, denn ich dachte ständig an Jaffa, und die Glut hielt mich bei Laune. Abends tauschten wir unsere wollüstigen Gedanken aus. Die Sehnsucht vereinte uns und bestimmte die nächtlichen Gespräche. Mal schlugen wir Zelte auf, mal nächtigten wir in Herbergen. Stundenlang schwärmten wir von weißen Zähnen und großen Mündern, aus denen es nicht faulig muffeln würde, sondern duften – und zwar nach Pfefferminze und Orangenblüten und allen Wohlgerüchen Bessarabiens, mit Ausnahme des Weihrauchs, den ich nicht ausstehen kann, weil er mich an die Bet-Übungen der hündischen Frömmler erinnert. Wir malten uns neugierige Nasenflügel und handliche Hintern aus, makellose Wangen und Handrücken, gerade Schultern und glänzende Haare. Balthasar fand, ein Männeroberkörper müsse aussehen wie ein Waschbrett.

Eines Abends bezogen wir in der Nähe eines palästinensischen Kaffs namens Bethlehem Logis und begannen, wie üblich beim Essen und Trinken, uns über die Liebe zu unterhalten. Ich sah das Bild von Jaffa mit den langen weißen Zähnen deutlicher denn je vor mir. Bald würde ich am Ziel sein. Mit einem Mal herrschte große Aufregung in der Herberge. Ein Hirt kam in die Stube und störte mit seinem wirren Reden unser schönes

Schwärmen und Schmachten. Er machte, wie Hirten so oft, einen ziemlich debilen Eindruck. Vermutlich einer dieser Schafschänder vom Stamme Sodom. Menschen, die den ganzen Tag nichts anderes tun, als im Schatten kleiner Büsche zu hocken und Kleintiere zu beaufsichtigen, müssen sonderbar werden.

Der Hirt war ein Stotterer von der Art, die einen nur sehr kurz erbarmt. Schon nach drei Sätzen verwünschte ich ihn und hätte ihn erwürgen können. Er erzählte umständlich und aufdringlich seine Geschichte. »Ich schwör', es ist wahr, ich schwör', hey!« sagte er dauernd. Irgendein Idiot hatte dem römischen Statthalter Herodes angeblich den Floh ins Ohr gesetzt, es werde in diesen Tagen in dieser Gegend ein Knabe geboren, der einmal König der Juden werden und seine Stellung gefährden könnte. Daraufhin war Herodes, offenbar auch ein Idiot, nichts Besseres eingefallen, als landesweit Kindermord zu befehlen. Die römischen Soldaten brachten nun, so der stotternde Hirt, nach Soldatenart johlend alle neugeborenen Knaben um. »Ich schwör', hey!« sagte er wieder, und als Balthasar ein ungläubiges Gesicht machte, sagte er: »Schau mich nicht so häßlich an, du Wichser, sonst kriegst du eine aufs Maul!«

Ein Paar namens Maria und Joseph aus Nazareth sei vor dem Morden der Besatzer geflohen und habe in einem Stall bei Bethlehem Unterschlupf gefunden. Dort habe die Mutter einen Knaben zur Welt gebracht. Der

Säugling sei ohne Zweifel der künftige König der Juden. Er habe nämlich einen Heiligenschein, und über dem Stall habe Gott einen Stern mit einem Schwanz angebracht. Der Hirt kicherte plötzlich ungut und zeigte seine braunen schiefen Zähne: »Ein Stern mit einem Schwanz!« Das sei ein Zeichen dafür, daß Gott das Kind höchstpersönlich gezeugt habe. Dem Kindlein müsse man huldigen, sagte der Hirt, das bringe Glück. Dann wollte er Geld für seine Nachricht haben und wurde so unangenehm, daß wir ihm einen Silberling gaben, um ihn und sein Gestotter loszuwerden. Selbstgefällig und ohne ein Wort des Dankes steckte er den Silberling ein, rülpste und furzte fürchterlich und drohte, ehe er sich endlich trollte, er werde uns »platt machen«, wenn wir den Römern etwas davon erzählten. »Wir sind keine Kollaborateure, du stinkiger Lämmerficker!« rief ihm Melchior hinterher.

Balthasar und Melchior waren neugierig geworden und wollten dem Wunderkind anderntags einen Besuch abstatten. Ich kann Geraune und Legendenbildungen nicht ausstehen und habe weder für Säuglinge noch für junge Mütter und Väter etwas übrig. Man steht nur dumm herum, wenn man Neugeborene besucht. Ich wollte weiter zum See Genezareth, um endlich meine heißgeliebte Jaffa zu suchen und zu finden. Meine beiden Reisegefährten aber meinten, eine Stippvisite werde uns erstens nicht lange aufhalten, könne zweitens nicht schaden und drittens, wer weiß, brächte uns der Besuch vielleicht tatsächlich Glück, und Glück könnten wir bei unserer Suche nach der Liebe alle drei brauchen.

Ich verspottete Melchior und Balthasar: Sie hätten sich vom Gestotter eines Sodomiten benebeln lassen und seien abergläubisch geworden. Dann aber wollte ich kein Spielverderber sein, zumal sich unsere Wege bald trennen würden. Und politisch wäre es nicht unkorrekt, einer armen asylsuchenden Familie alles Gute zu wünschen.

Wir mußten bis zum nächsten Abend warten, um den Stall zu finden. Ich stamme aus einer aufgeklärten ägyptischen Astronomenfamilie und erklärte Melchior und Balthasar, daß der Stern mit dem Schwanz kein Zeichen Gottes oder gar göttlicher Befruchtung sei, sondern ein simpler Komet, wie er alle paar Jahre auftauche. Ein Komet wandere über das Firmament und stehe nicht fix über einem Stall. Das sei dem Hirten nur so vorgekommen, weil er früh schlafen gehe und die Bewegungen des Sternenhimmels nicht beobachte. Wenn wir uns bei einbrechender Dunkelheit zum Weideplatz des Hirten begäben und dann in Richtung Komet gingen, müßten wir auf den Stall stoßen.

So war es. Melchior und Balthasar waren beeindruckt. Wir müssen dem Kindlein etwas mitbringen, hieß es, kurz bevor wir am Ziel waren. Auch wegen dem Schenkzwang kann ich Besuche am Kindbett nicht leiden. Balthasar bastelte rasch aus einer Nußschale und kleinen Kieselsteinen eine Rassel, Melchior entschied sich für eines seiner Wollkäppis, das beim Waschen eingegangen war. »Mehr als eine Apfelsine bekommt der Bastard von mir nicht«, sagte ich.

Unser debiler Hirte lag auf dem Dach der Stallhütte und spielte Wachtposten. Als er uns kommen sah, humpelte er ins Innere und gab wohl Bescheid, daß keine mordlüsternen römischen Soldaten, sondern hoher und friedlicher Besuch zu erwarten war. Wir näherten uns jetzt rasch, und ich konnte beobachten, wie der Mann eine Flasche versteckte und sich mit einem Schnitzmesser an einem gebrochenen Stuhlbein zu schaffen machte. Die Mutter spuckte ein paar Olivenkerne oder Kürbiskernschalen in die Ecke, zog einen blauen Umhang über den Kopf, legte die Hände in den Schoß, betrachtete ihr Kindlein und machte ein keusches Gesicht. In dieser Positur empfingen sie uns: eine arme, fleißige, verfolgte, fromme Familie. Ich sah sofort, daß es Heuchler waren, zerfressen vom Ehrgeiz, als Wunderkindeltern ein besseres Leben zu führen. Der holzige Vater zog, während er ungeschickt an seinem Stuhlbein schnitzte, seine Säuferbacken nach innen, um möglichst hohlwangig und demütig auszusehen. Die Mutter schielte enorm und wirkte auch nicht viel heller. Sie senkte den Blick, aber nicht tief genug, um zu verbergen, daß dieser Blick gemein und verschlagen war. Diese Frau erschien mir ebenso dumm wie gerissen, und ihre Zähne waren noch scheußlicher als die der Ägypterinnen.

Hier wurde uns mit mäßigem Geschick eine Armeleute-Idylle vorgespielt. Der Säugling war häßlich wie alle Säuglinge. Um noch armseliger zu wirken, hatten sie das bedauernswerte Kind in eine mit Stroh gefüllte Krippe gelegt. Ich wollte nicht auf so rauhem Stroh liegen. Sicher besaß dieses durchtriebene Elternpaar genug Stoff und eine Decke, aber das würde nicht so anrührend flüchtlingshaft aussehen. Das Kind hatte wie manche Neugeborenen einen blonden Haarflaum, und das mochte einfältigen Gemütern wie ein Heiligenschein vorkommen. Ich würde mich nicht wundern, wenn das Gerücht vom König der Juden, das Herodes und die Römer in Unruhe versetzt hatte, von diesen Eltern selbst in die Welt gestreut worden wäre, um für die Hochstaplerkarriere des Söhnchens ein gutes Fundament zu legen.

Melchior fiel ergriffen auf die Knie. Die Mesopotamier sind manchmal sehr naiv. Ich stand hinter ihm, trat ihn unsanft in den Hintern und zischte ihm zu, er solle sofort aufstehen und kein Theater aufführen, er werde uns alle in Verruf bringen. »Merkst du nicht, was hier gespielt wird«, sagte ich, aber es war, wie sich später herausstellte, schon zu spät.

Dann legten wir unsere Geschenke in die Krippe: das verfilzte Käppi, die primitive Nußschalenrassel und meine Apfelsine – und ich war boshaft genug, mich daran zu weiden, wie die frömmelnde Maria ihrer falschen Demut zuliebe gezwungen war, ihre Enttäuschung über die mageren und unnützen Gaben zu verbergen. Säuglinge vertragen keine Apfelsinen, erfuhr ich später.

Der abergläubische Balthasar konnte es nicht lassen und fragte den stupide am Stuhlbein schnitzenden Joseph, ob sein Sohn, der künftige König der Juden, schon Wunder vollbringen und ihm ein Zeichen geben könne, wo er die Liebe seines Lebens suchen solle: in Athen oder Sparta, Syrakus oder Rom. »Nix verstehen, frag' Frau«, sagte der Heimwerker mit dem glasigen Blick des Trinkers und deutete auf Maria, die ihren Schielblick sekundenlang auf die Krippe richtete und dann eiskalt behauptete: »Jesus sagt: Suche in Syrakus, und du wirst fündig werden.« Dann sah sie uns an, als erwarte sie für diese Auskunft eine Münze.

Das war's. Nach fünf Minuten verließen wir den Ort des Bluffens. Ich kam mir mißbraucht vor. Ich hatte das ungute Gefühl, daß der kurze Auftritt von uns drei jungen liebeslustigen Leuten aus dem Orient später noch heftig aufgebauscht werden würde. Vermutlich war es der durch und durch verlogene sodomitische Stotterhirt, der falsches Zeugnis weitergab und Lügengeschichten über unseren Besuch bei der Nazarener Asozialenfamilie verbreitete. Es würde mich nicht wundern, wenn das gesamte Christentum auf dem Mist seiner kranken Phantasie wachsen würde. Bekanntlich konnte Jesus später vier Schreibkundige gewinnen, die sein Treiben blumig zu Papier brachten und so für die massenhafte Verbreitung von haarsträubenden Legenden sorgten. Einer dieser vier sogenannten Evangelisten, Matthäus, hat die gruselige Bethlehemische Kindermordgeschichte ganz anders wiedergegeben, als sie mir zu Ohren gekommen war. Anhänger der Evangelisten Johannes und Paulus, die Johanniter und Paulaner, behaupteten, Jesus' Eltern seien wegen einer Volkszählung unterwegs gewesen, die Kindermordgeschichte sei aus der Luft gegriffen, um die Römer als die bösen blutrünstigen Heiden erscheinen zu lassen. Jeder weiß es besser.

Wenn wirklich etwas herrscht, dann nicht so sehr die Römer oder ihre katastrophalen Statthalter. Schon gar nicht herrscht ein allmächtiger Gott im Himmel, geschweige denn seine unehelichen Phantomsöhne auf Erden. Das einzige, was halbwegs zuverlässig herrscht, ist ein katastrophales Durcheinander an Informationen.

Was ist schon wahr? Es ist mir egal. Am plausibelsten erscheint mir die Version, die typischerweise keiner aufgeschrieben hat, weil alle Schreibkundigen die Schwellsucht haben und ihnen die Wahrheit zu platt ist:

In jenen Tagen, die später so berühmt wurden, daß man den Verstand verlor, den Kalender auf Null stellte und eine neue Zeitrechnung begann, begab sich höchstwahrscheinlich nichts anderes, als daß wieder einmal ein

Gerücht durchs Land geisterte. Das in unregelmäßigen Abständen seit Jahrhunderten verbreitete Gerücht nämlich, die Geburt von Gottes Sohn auf Erden stehe bevor, nun aber tatsächlich, unwiderruflich und in vollem Ernst. Mit keinem echten oder falschen Propheten sei diesmal zu rechnen, sondern mit dem waschechten Erlöser, und der werde nicht etwa vom Himmel steigen oder fallen, sondern auf stinknormale Art und Weise zur Welt kommen. Alle Frauen, die damals schwanger waren, hofften natürlich, aus ihrem fruchtbaren Schoß werde der sagenhafte Erlöser hervorgehen. Wie ich die Menschen kenne, dürften sich Hunderte von Männern gleich nach der Niederkunft ihrer Frauen um die fragwürdige Ehre geprügelt haben, Ziehvater des Gottessohnes zu sein. Vielleicht haben sich auch die jungen Mütter geprügelt und sich die Haare ausgerissen. Frauen sind auch nicht immer vernünftiger. Keine der Familien konnte beweisen, die wahre Heilige Familie zu sein. Nur Maria und Joseph, bei ihrer dürftigen Intelligenz doch durchtrieben, kamen auf die teuflische Idee, eine Anbetung vorzutäuschen. So wurden wir zu den »Drei Weisen aus dem Morgenland« stilisiert, würdige alte Männer, die dem Stern folgten, um dem Sohn Gottes ihre Ehrerbietung zu erweisen, oder auch zu den »Heiligen Drei Königen«. Sehr ärgerlich. Denn ich bete weder echte noch falsche Götter an, schon gar keine Säuglinge – und erst recht keine Religionsstifter. Ich bete nur gotteslästerliche Frauen mit langen weißen Zähnen an.

Bald nach unserem Auftritt in Bethlehems Stall habe ich Jaffa tatsächlich gefunden. Sie lebte in Jerusalem und war mit einem steinreichen älteren Schriftgelehrten verheiratet. Meine Jaffa! Die Frau mit dem Perlenkettengebiß, deren Bild mich seit Monaten begleitete. Ich überlegte mir, ob ich mir das Leben nehmen oder zu den Stummelzahnfrauen Ägyptens zurückkehren sollte. Da steckte mir Jaffa einen Zettel zu: »Mein Mann ist für sieben Tage verreist. Ich warte.« So sind sie, die Jüdinnen. Jaffas Mann verreiste häufig, und ich machte im Zentrum Jerusalems einen Laden mit Gewürzen auf. Es fiel mir anfangs nicht leicht, Jaffa zu teilen. Für einen Orientalen ist es besonders bitter. Wo der Mann mehrere Frauen haben kann, habe ich nicht einmal eine für mich allein. Aber was für eine! Und mein Rivale ist eine frömmelnde Witzfigur. Er ist mein Knecht. Er sorgt brav für Jaffas Unterhalt, ich sorge für ihre Lust. Mittlerweile gefällt mir meine Rolle als Jaffas treuer Liebhaber sehr gut. Ich habe Zeit für mich. Möge ihr schriftgelehrter Mann ewig leben!

Zwölf Jahre später, ich war schon 30, Jaffa 27, ihr Mann 97, hatte Jesus gerade seine Schau mit den Pharisäern im Tempel abgezogen. Er kam zu mir in den Laden, bestellte einen marokkanischen Pfefferminztee und einen Sesamkeks. Nachdem er sich gelabt hatte, wollte er gehen, ohne zu zahlen. Typisch! Ich aber packte ihn am Kaftan und sagte: »Nicht mit mir, du Großmaul!« Da grinste er und beglich die Rechnung. Ich schaute das Silbergeld an und sagte: »Verdammt, was ist los mit dir, du Versager, warum verwandelt sich das Silber nicht in Gold?«

Später tauchte Jesus noch öfter auf, auch als er schon verschärft einen auf Sohn Gottes machte und Jünger um sich scharte und sich mordsmäßig wichtig tat. Ich hatte mir in meinem Laden ein Hinterzimmer für die Liebe mit Jaffa eingerichtet. Ein paarmal war sie im Laden, als Jesus kam. Wir haben ihn ganz schön hochgenommen und viel gelacht. Von meinem Pfefferminztee konnte er nicht lassen. Manchmal unterhielt ich mich ganz gut mit ihm. Als ich ihn fragte, wer den absurden Einfall mit der unbefleckten Empfängnis gehabt habe, mit dem sich die Kirche später zum Gespött ihrer Kritiker machen sollte, sagte er wörtlich: »Der Unfug kommt bei den Leuten leider so gut an, daß ich mittlerweile nicht mehr dementiere. Vater Joseph, das alte Ekel, hat sich das ausgedacht, weil Mutter Maria noch minderjährig war.« Er konnte seine Eltern nicht ausstehen. »Hier muß ich dir beipflichten, du Scheusal«, sagte ich ihm.

Einmal hatte er kein Geld dabei. Es war im Jahre 23 nach seiner Geburt. Ich erzählte ihm von Bethlehems Stall, von der Apfelsine und von Jaffa, mit der ich ein Verhältnis hatte, seit er lebte. Ich war mittlerweile 41,

Jaffa 38 und ihr 108jähriger schriftgelehrter Mann hatte von mir und meiner Liebe zu seiner Frau noch immer nichts mitgekriegt. »Was tun«, sagte Jesus, »ich kann nicht zahlen.« Ich ließ ihn zappeln. Nie wieder marokkanischen Pfefferminztee! Die Drohung wirkte.

Wir trafen ein Arrangement: Fortan würde er umsonst Pfefferminztee kriegen, und im Gegenzug sollte er dafür sorgen, daß in der von ihm ausgekochten Religion Ehebruch künftig als verzeihliche Sünde galt. Die Leute hörten zum Teil auf sein Geschwafel und redeten dann vielleicht nicht mehr so mißgünstig über Jaffa und mich. Auf einem Papyrusstückchen, in welches Tee eingewickelt war, notierte Jesus folgsam, was wir ihm diktierten: »Selig die Ehebrecher, ihnen wird vergeben werden, und sie kommen nicht ins langweilige Himmelreich.« Er nickte. Das werde er am kommenden Sonntag verkündigen, sagte er, und Jaffa gab ihm einen ihrer kostbaren Küsse.

Jaffa und ich haben seither Besseres zu tun, als die Schriften der bigotten Evangelisten über den Nazarener Scharlatan zu lesen, und so weiß ich nicht, ob diese Formulierung in das Neue Testament eingegangen ist.

Hier endeten die Aufzeichnungen von Kaspar. Enrico seufzte. Die Übersetzung war lücken- und fehlerhaft und sichtlich bemüht, satirisch zu wirken. In dieser Form war dem Text nicht mehr anzumerken, daß seinetwegen gemordet worden war aus Angst, er könnte das Christentum erschüttern.

Offenbar war die Aufzeichnung im 18. Jahrhundert schon einmal entdeckt und kommentiert worden. Dr. Guzzi hatte eine Fotokopie dieses ebenso bilderstürmerischen wie ketzerischen Kommentars beigelegt, den eine unerschrockene Hand an den Rand von Kaspars Hieroglyphen notiert hatte:

Daß drei stolze Orientalen so närrisch gewesen sein sollen, eine lange Reise zu tun, um vor einem kleinen westlichen Schaumschläger, dem Sproß eines muffigen Proletenpärchens auf die Knie zu fallen, hat ein paar 100 Jahre später einen Mann namens Mohammed derart erzürnt, daß er eine eigene närrische Religion erfand, deren Mitglieder nun auch milliardenfach buckeln, allerdings in Richtung Mekka. Kaspar würde sich im Grab herumdrehen, wenn er wüßte, daß in späteren Jahrhunderten die drei jungen Verliebten als ehrwürdige Anbeter dargestellt wurden. Auf Zehntausenden von Triptychen, über Altären oder in Museen sind Kaspar, Melchior und Balthasar zu sehen, wie sie vor dem häßlichen Jesusbalg niederknien. Alles Fälschung! Aus dem Ägypter machten die dummen Künstler einen Mohr, weil sie glaubten, alle Menschen aus Afrika seien pechschwarz. Um Jesus und ihre Bilder aufzuwerten, machten die Maler aus den windigen Geschenken Kostbarkeiten. Wie würde Kaspar die Darstellungen hassen, auf denen ihm verschrobene Künstlerknechte wie Jan van Eyck oder Hieronymus Bosch statt der Apfelsine einen kugelrunden goldenen Behälter in die Hand gemalt haben, in dem sich angeblich Myrrhe befindet. Aus Balthasars Nußschalenrassel haben die erlösungsbesessenen Jünger, Apostel und Evangelisten und die Schreiber der grotesken Christuslegenden erlesenen Weihrauch gemacht, mit dessen Qualm sie ihre Kirchen vollräuchern. Am schlimmsten und schwerwiegendsten ist aber, daß die fanatischen Ideologen des Christentums und ihre malenden Handlanger in ihrem Eifer die zufällige und launige Stippvisite dreier junger Männer zum Motiv der »Anbetung« verfälscht haben. Adoration. Ein besonders beliebtes Bildmotiv in der abendländischen Malerei...

Der handschriftliche Kommentar brach an dieser Stelle plötzlich ab. Am Rand der Fotokopie waren einige Flecken zu erkennen. Nicht ausgeschlossen, daß es sich um alte Blutstropfen auf dem Original handelte. Enrico stellte sich vor, wie ein kritischer Mönch oder Mensch Kaspars verbotene Geschichte gelesen und diese geistreiche Bemerkung angebracht hatte – und wegen dieser sträflichen Ketzerei von einem eifrigen Wachhabenden der Schweizergarde vielleicht wenig später erdolcht worden war.

Das mochte vor 200 oder 250 Jahren gewesen sein. Ob Monsignore Bellotto sich im Oktober des Jahres 1999 irgendeiner Gefahr bewußt gewesen war, als er die Handschrift an sich nahm, mußte bezweifelt werden. Enrico war begeistert. Wenn Kaspars Aufzeichnungen über die Wahrheit der Anbetung durch die Übersetzung auch noch so verharmlost worden waren, so enthielt der Text ganz nebenbei einen höchst amüsanten Aspekt: Er plädierte für eben jene drei Qualitäten, die für Engstirnige zu den klassischen verpönten gehören: schwul, farbig und jüdisch.

Im Anschluß an Kaspars heiteren Bericht hatten Monsignore Bellotto und Dr. Guzzi noch je ein Gedicht beigesteuert, vermutlich, um die Kundschaft der Zahnarztbehandlungsstuhl-Firma Carter Hydraulics oder sich selbst etwas zu erheitern, und wohl auch, um das Belehrende von altklugen pädagogischen Jugendbüchern zu parodieren. Dr. Guzzis Gedicht war ziemlich hölzern. Es nannte sich »Kaspars Abendgebet«:

Bald schlägt die Uhr wie täglich acht.
Ich wünsch, daß meine Flamme lacht.
Dann seh ich ihrer Zähne Pracht.

Ich wünsch mir, daß sie wieder gähne,
Im Dämmer blinken ihre Zähne.
Ach hätt ich auch nur solche Gene!

Putz meine Beißer wie besessen.
Doch den Erfolg kann ich vergessen,
an ihrem Strahlenweiß gemessen.

Ich bete an ihr Traumgebiß,
doch sie sagt nur: »Mach kein Geschiß,
heut nacht die Lust ist uns gewiß!«

Ich will sie stürmisch an mich reißen
und »meine heiße Jaffa!« heißen
und sie in ihre Ohren beißen.

Man soll nicht ideologisch lügen:
Das Beißen macht nun mal Vergnügen,
zum Ohrenbiß muß es genügen.

Drum, im Interesse deiner Triebe:
Das Zähneputzen nicht verschiebe!
Denn Bisse sind das Salz der Liebe!

Ungleich poetischer und wacher die Zeilen von Monsignore Bellotto. Er hatte offenbar eine Zahnarztrechnung zu einem Gedicht umfunktioniert:

Entfernung hartnäckiger Verfärbungen

Entfernung hartnäckiger Verfärbungen
fünfundsechzig Dollar, einundzwanzig Cents –
oben rechts, unten links
die Kasse zahlt es nicht.

Man hatte mit Rücksicht auf die Kundschaft die US-amerikanische Währung eingesetzt. Dadurch verlor das Gedicht, fand Enrico, denn der Dollar war der Tod jeder Poesie. Er vermutete, daß der Monsignore mit diesen konkreten Zeilen auf die Kirche anspielte. Vielleicht war es eine Kritik am irrsinnigen Dogma der unbefleckten Empfängnis, vielleicht kritisierte er damit auch die Unfähigkeit der Kirche, sich dem Dreck ihrer Vergangenheit zu stellen. Vielleicht war mit den Verfärbungen auch der italienische Faschismus gemeint – oder aber der Monsignore hatte einst eine Liebschaft gehabt, deren Rückstände sich unentfernbar in seine Seele gegraben hatten.

Ein Vorabexemplar von Enrico Rossos Vatikan-Krimi *Der Zahnarzt des Papstes* ging an die Kommissarin Amadea Ferrari. Als der Roman zehn Tage später – Anfang Dezember – in den Handel kam, hatte die römische Polizei bereits den stellvertretenden Leiter der Vatikanischen Bibliothek und zwei Angehörige der Schweizergarde wegen dringenden Mordverdachts und Verdacht auf Anstiftung zum Mord festgenommen. Der Leiter der Bibliothek, zwei Kardinäle und ein Offizier der Schweizergarde hatten sich das Leben genommen. Gift. In Rom gab es kein anderes Thema, aber spätestens zu Weihnachten würde alles vergessen sein.

Enrico rief Amadea an und sagte: »Ich möchte auf dein Angebot zurückkommen.«

Sie war noch so betäubt von ihrem Schlag gegen oder in das heilige Wespennest, daß sie nicht verstand.

»Ach so, du meinst…«, sagte sie.

»Genau«, sagte Enrico, »ich meine Liebe machen.«

Sie taten sich gut. Danach saßen sie in Enricos Wohnung vor dem lodernden Kamin und glühten vorn und froren hinten. Der Fall Bellotto war gelöst. Ein Triumph der Phantasie und des Spürsinns. Amadea biß Enrico ins Ohr: »Ich befördere dich zu meinem privaten Leibermittler.« Sie gurrte und maulte nach einer kleinen Pause: »Aber daß in diesem Kaspar-Bericht schon wieder eine Frau mit tollen Zähnen vorkommen muß!« Sie schüttelte den Kopf. »Ein erneuter Affront gegen meine schiefen Beißer!«

»Du glaubst mir nicht«, seufzte Enrico. Er hatte es befürchtet. Wie sollte Amadea wissen, was er in seinem Roman dazuerfunden hatte und was Wirklichkeit war. Und wie sollte er selbst wissen, ob Kaspars Bericht echt war oder eine schöne Fälschung, wie die Universität von Los Angeles behauptete. Wenn der Bericht echt war, gab es verschiedene Möglichkeiten: Das ägyptologische Institut könnte damit den ganz großen Wissenschaftsknüller landen wollen. Ein paar Professoren würden damit sehr, sehr viel Geld und sehr, sehr viel Weltruhm verdienen. Oder: Wer im Besitz der Handschrift war, konnte den Vatikan erpressen, daß es eine Lust war. Man könnte alle Schätze aus dem Vatikan herausquetschen, wenn man mit einer wissenschaftlich unwiderlegbaren Veröffentlichung des Dokuments drohte. Man könnte den Papst spaßeshalber zwingen, bei seinen Besuchen in der dritten Welt Kondome zu verteilen und Abtreibungskliniken einzuweihen. Er würde das tun müssen. Oder auch: Vielleicht war das Dokument in streng katholische Hände geraten, die, wie die Schergen des Vatikans, eine Veröffentlichung mit allen Mitteln zu verhindern bereit waren, um das Image ihres geliebten Herrn Jesus und seiner nicht weniger geliebten Mutter Maria mit Kaspars froher Botschaft nicht zu beschädigen und das Christentum zu einer öden Lachnummer zu machen? Schon sah Enrico eine dramatische Szene vor sich: Amadea und er stellen einen amerikanischen Katholenschwachkopf, der im Besitz der Schrift ist. Milliarden Christen dürfen nie erfahren, wem sie da aufgesessen sind, denkt der Fanat, und will das unendlich kostbare Papyrus-Dokument in den Kamin werfen. Amadea zielt mit der geladenen Pistole auf das Herz des Narren, der plötzlich ganz cool sagt: »Sie glauben doch nicht im Ernst, daß ich an den Christenquatsch glaube, aber wir haben noch immer nichts Besseres, um die Verbreitung des bekloppten Islam zu bremsen.«

»Warst du schon mal in Kalifornien?« fragte Enrico.

Amadea schüttelte den Kopf.

»Kannst du dir 14 Tage frei nehmen?« sagte Enrico, »ich möchte gerne mit dir dorthin fahren.«

Amadea sah ihn lange an: »Aber keine Sehenswürdigkeiten! Keine Nationalparks. Kein Fast food!«

Enrico schüttelte den Kopf: »Universität. Ägyptologisches Institut. Ein bißchen forschen. Hast du Lust?«

Amadea nickte: »Ich will es wissen. Wir holen sie uns, die Handschrift!«

Joseph von Westphalen

Wie man mit Jazz die Herzen der Frauen gewinnt

Ein Verführungsprogramm zusammengestellt nach dem Geschmack einer waschechten Romanfigur: Harry von Duckwitz bringt sich und seine Frauen mit Blues, Swing und Bop der 20er, 30er und 40er Jahre in Schwung, mit ausgesuchten Perlen aus einer Zeit, als der Jazz noch sinnlich und nichts für Intellektuelle war.

3 CDs reine Musik, 1 CD Mundwerk & Musik
in horizontalem Tabernakelfalz, eingeführt
in schönen Schuber mit opulentem Booklet

Kein & Aber Records
presents
Der weltweit erste
Roman-Soundtrack
Joseph von Westphalen
Wie man mit Jazz
die Herzen der
Frauen gewinnt